मेले में मनोहर

अनबाउंड स्क्रिप्ट

मेले में मनोहर : **आदर्श के वर्मन**

प्रथम संस्करण : 2024

ISBN : 978-81-19745-64-7

प्रकाशक : **अनबाउंड स्क्रिप्ट**
2/41, अंसारी रोड,
दरियागंज, दिल्ली-110002
वेबसाइट : www.unboundscript.com
ई-मेल : books@unboundscript.com
फोन नं. : 011-35807601

Male Mein Manohar
by Aadarsh K Varman

Illustrated *by* Nisha Rawat

मुद्रक : विकास कंप्यूटर एंड प्रिंटर्स
गाज़ियाबाद, उ. प्र.

मूल्य : ₹ 150/-

मेले में मनोहर

आदर्श के वर्मन

अनबाउंड स्क्रिप्ट

अनुक्रम

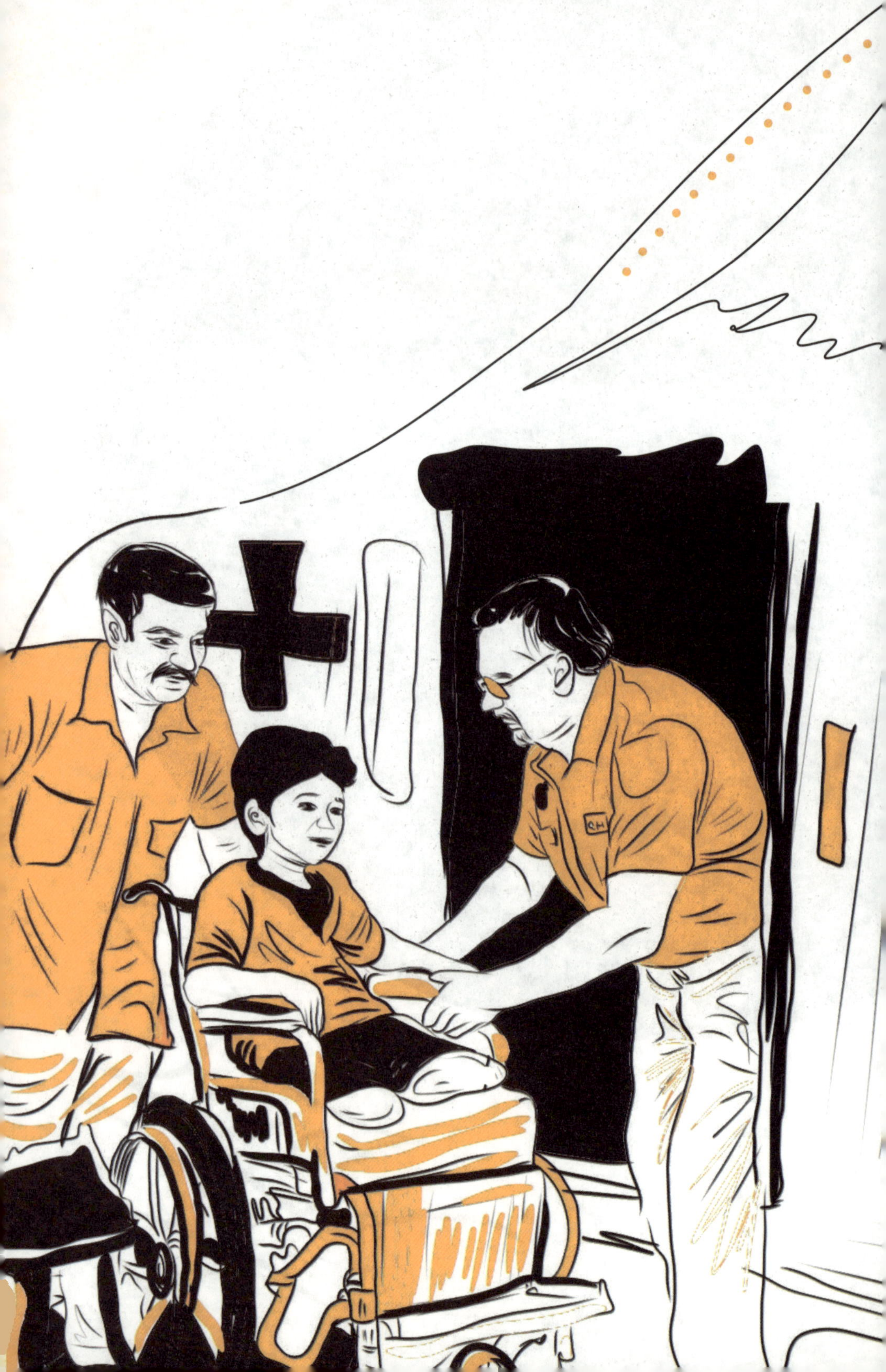

तोहफ़ा

वह बहुत मनहूस दिन था। अभी कुलदीप की उम्र ही क्या है? कुल 14 साल! जब उसका एक्सीडेंट हुआ तो वह स्कूल जा रहा था। इस हादसे में उसे अपने दोनों पाँव गँवाने पड़े! एक महीने बाद आज वह हॉस्पिटल से डिस्चार्ज हो रहा था। कुलदीप के पापा उसे एंबुलेंस में चढ़ाते हुए बोले, "**घर चलो बेटा!** तुम्हारे बिना घर बहुत सूना है। वैसे भी अविनाश ने घर का बुरा हाल कर रखा है। उसने सारे घर में तोड़-फोड़ मचा रखी है।" कुलदीप मुस्कुराते हुए बोला, "पिताजी, आप चिंता मत कीजिए। मैंने उसके जन्मदिन के लिए एक बहुत अच्छा तोहफ़ा सोचा है।"

थोड़ी देर बाद, जब वो घर पहुँचे तो कुलदीप ने देखा की उसके कमरे में अविनाश ने अपना सामान भर लिया है। सामान तक भी ठीक था उसने हर तरफ़ गंदगी फैला रखी थी।

यह देखकर कुलदीप का मन उदास हो गया। इतने दिनों बाद घर लौटने पर उसे अच्छे वातावरण की उम्मीद थी। जैसे-तैसे पिताजी ने उसे उसके बेड पर शिफ्ट करवा दिया।

थोड़ी देर बाद पीछे से एक आवाज़ आयी, "क्यों बच्चू कैसा लगा ... अब आया मज़ा..! याद है, कुछ दिन पहले तूने मुझे चाटा मारा था, यह सब उसी का तोहफ़ा है। जब तक तू मुझसे माफ़ी नहीं माँगेगा, तेरा कमरा ऐसे ही रहेगा। वैसे भी तेरे पास और कोई चारा नहीं हैं... **बेचारा...अपाहिज़ कहीं का। हा हा...!"**

यह सुनकर कुलदीप बहुत दुःखी हुआ।

यों तो अविनाश कुलदीप से दो साल छोटा था, लेकिन था बहुत बदतमीज़। उसके जाने के बाद कुलदीप ने मन-ही-मन खुद से कहा, 'कल तुम्हारे जन्मदिन पर मैं भी तुम्हे एक तोहफ़ा दूँगा!' अगली सुबह अविनाश ने देखा की उसके कमरे का बाकी समान भी कुलदीप के कमरें में पहुँच चुका है। पीछे से आत्मविश्वास से भरी एक आवाज़ सुनाई पड़ी- "जन्मदिन मुबारक हो, भाई! आज़ से दोनों कमरे तुम्हारे हुए! एक कमरा तुम्हारे सामान के लिए, दूसरा तुम्हारे सोने के लिए। रही बात मेरी, तो मेरी चिंता मत करना, मैं अपना काम चला लूँगा।"

यह कहते हुए कुलदीप हाथों के बल रेंगता हुआ बाहर चला गया। अविनाश शर्मसार नज़रों से उसे जाते हुए देखता रहा है।

मेले में मनोहर

मनोहर बहुत होशियार था, लेकिन ज़्यादा लाड़-प्यार ने उसे बिगाड़ दिया था। आज वह काफ़ी खुश था। सुबह उठते ही उसने नहा-धोकर पूजा-पाठ कर लिया था। उसकी खुशी का कारण ये था कि उसके पिताजी ने कल रात उसे दशहरे का मेला दिखाने का वादा किया था।

उसने पहले भी कई बार पिताजी से मेला दिखाने के लिए कहा था। लेकिन पिताजी किसी-न-किसी बहाने से उसे टाल देते। इस बार उसकी ज़िद पर पिताजी ने वादा कर दिया था। इस खुशी में आज वह नाश्ता करना भी भूल गया था।

"संजना को भी साथ ले चलें?" पिताजी ने शाम होते ही उससे पूछा।

"नहीं पिताजी! वह तो हर बार जाती है। इस बार मेरी बारी है।" उसने ज़ोर से चिल्लाते हुए जवाब दिया। "ठीक है, तो चलो, तैयार हो जाओ," पिताजी ने मायूसी भरे स्वर में कहा।

पाँच मिनट के अंदर मनोहर पिताजी के सामने तैयार होकर खड़ा था।

"तो चलें...?" पिताजी ने स्कूटर की तरफ़ इशारा करते हुए कहा।

"जी पिताजी, बिल्कुल," उसने ख़ुशी से उछलते हुए कहा। दोनों निकल पड़े मेले की सैर पर।

करीब 20 मिनट बाद दोनों दशहरा ग्राउंड में हाज़िर थे। "तो पहले झूला झूलोगे, कुछ खाओगे... या पहले मेला घूम लें?" पिताजी ने झूले की तरफ़ इशारा करते हुए पूछा।

कुछ देर सोचने के बाद उसने कहा, "चलिए, पहले थोड़ा घूमते हैं...!"

वह पिताजी के साथ घूमने लगा।

मनोहर मेले में सजी एक-एक दुकान को गौर से देखता हुआ चल रहा था। आखिर यह उसका पहला मेला था।

"देखो, दूकानदार कितनी सफ़ाई और तैयारी से अपनी दूकान लगाते हैं!"

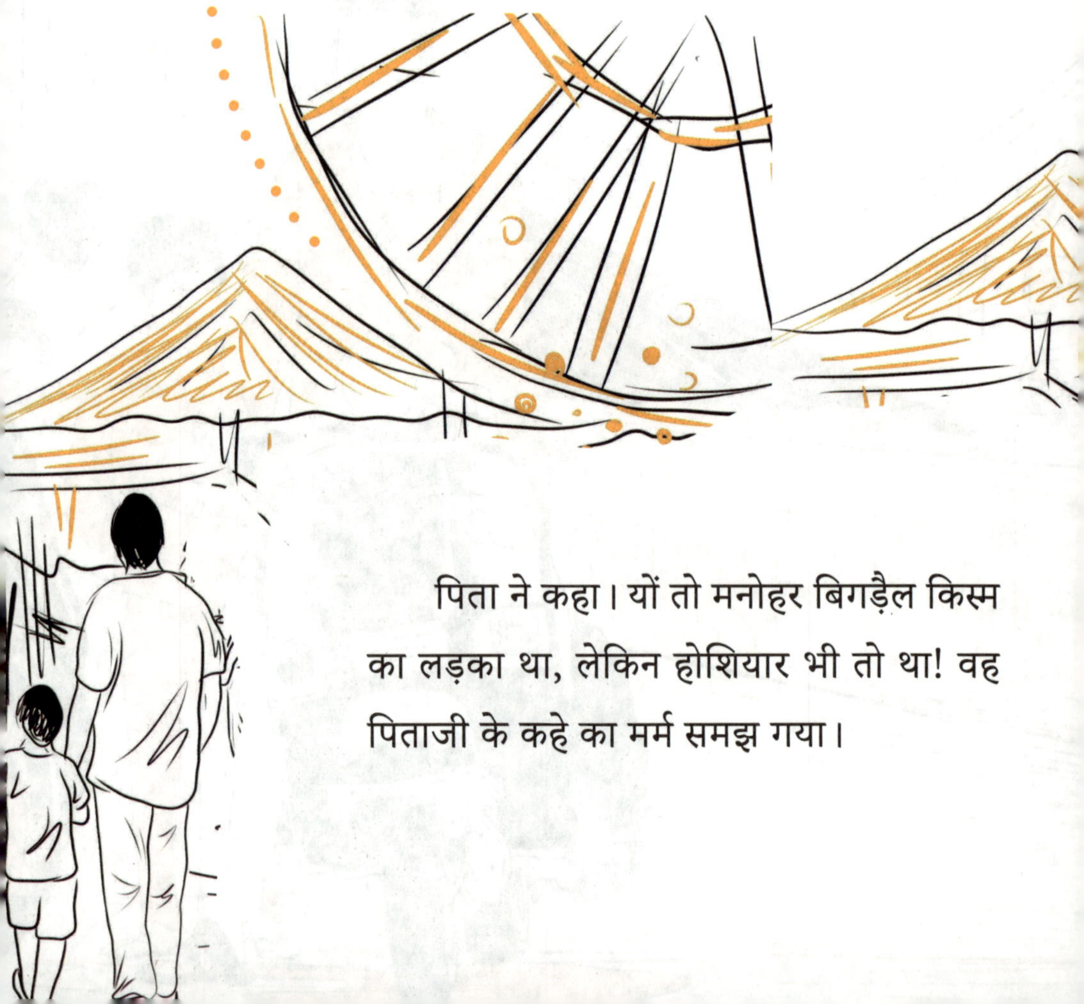

पिता ने कहा। यों तो मनोहर बिगड़ैल किस्म का लड़का था, लेकिन होशियार भी तो था! वह पिताजी के कहे का मर्म समझ गया।

उसने बिना कुछ कहे, हाँ की मुद्रा में अपना सिर हिला दिया। दोनों खाने-पीने और चाट-पकौड़े वालों के ठेलों पर पहुँचे। वहाँ पहुँचकर पिताजी ने भीड़ की तरफ़ इशारा करते हुए कहा, "ये देखो, इन

दूकानदारों को, कितनी मेहनत से इस भीड़ की खातिरदारी कर रहे हैं!" मनोहर कुछ देर तक उन्हें देखता हुआ शांत खड़ा रहा। फिर पिताजी ने उससे पूछा, "अब कुछ खाओगे?"

यों तो मनोहर दिनभर का भूखा था, लेकिन पिताजी की बातें सुनकर उसे भूख का ध्यान ही नहीं रहा। फिर भी पिताजी ने उसे डोसा खिलाया और खुद भी खाया।

"अब चलो तुम झूला झूल लो। तुम अकेले ही झूल लेना। संजना तो साथ है नहीं और मेरा इस उम्र में झूलना ठीक नहीं रहेगा।"

उसके पिताजी ने फिर से झूलों की ओर इशारा करते हुए कहा। मनोहर ने गौर से झूलों की ओर देखा तो पाया कि वहाँ कोई भी अकेला नहीं झूल रहा था। सबके साथ उनके भाई, बहन या दोस्त थे।

"पिताजी, मुझे नहीं झूलना," उसने उदास मन से जवाब दिया। लेकिन पिताजी ने उसे दूसरे बच्चों के साथ झूले पर बिठा दिया। लेकिन उसे वो खुशी नहीं मिली, जो शायद उसे अपनी इकलौती बहन संजना के साथ मिलती।

जब वो दोनों घर वापस लौटे तो पिताजी ने उसकी पीठ पर हाथ रखते हुए पूछा- "क्यों, कैसा रहा मेला...?" मनोहर बिना कुछ बोले एक हल्की-सी मुस्कान के साथ अंदर चला गया।

अगली सुबह पिताजी ने देखा की मनोहर अपने कमरे में तो नहीं है लेकिन उसका कमरा नये ढंग से व्यवस्थित और सजा हुआ है। फिर उन्होंने देखा की संजना भी अपने कमरे में नहीं है। बस वहाँ टेबल पर एक चिट्ठी पड़ी थी। इसमें लिखा था:

"आदरणीय पिताजी, संजना और मैं, स्कूल की एक नयी मैडम का समान शिफ्ट करवाने जा रहे हैं।"

यह पढ़ते ही पिताजी ख़ुशी से गदगद हो गये और अचानक उनकी आँखें गीली हो आयीं।

शिवानी का जन्मदिन

शिवानी काफ़ी उदास थी। आज़ उसके लिए साल का सबसे प्यारा दिन था- उसका जन्मदिन। वह पूरे आठ साल की हो गयी थी। आज वह स्कूल भी नहीं गई थी। मम्मी-पापा ने कहा था कि “जन्मदिन वाले दिन तुम स्कूल मत जाना, हम सब घर पर ही तुम्हारा जन्मदिन मनाएँगे।”

मनाना तो दूर, आज किसी ने जन्मदिन की मुबारकबाद भी नहीं दी!

शिवानी बड़ी उम्मीद से छुट्टी करके घर पर रुकी थी। उसने सोचा था कि आज जन्मदिन पर बहुत **धूम-धाम** होगी। लेकिन घर पर तो सन्नाटा छाया हुआ था।

शिवानी का ज़ोर-ज़ोर से रोने का मन कर रहा था, लेकिन किसी तरह उसने अपने आँसुओं को रोक रखा था। देखते ही देखते सुबह से

शाम हो गयी। उसे मुबारकबाद देना तो दूर घर का कोई सदस्य उससे कुछ बोल भी नहीं रहा था। जब रात ज़्यादा होने लगी तो शिवानी के सब्र का बाँध टूट गया।

वह सीधे पिताजी के कमरे में पहुँच गयी, "पापा, जब आपको मेरा जन्मदिन मनाना ही नहीं था तो फिर स्कूल की छूटी क्यों करवाई। मैं कम-से-कम अपने दोस्तों के साथ तो खेल लेती?" यह सुनकर पहले तो पिताजी कुछ देर चुप रहे, फिर मुस्कराकर बोले- "बेटा, ज़रा ऊपर वाले कमरे में चलना।"

दोनों ऊपर वाले कमरे की तरफ चल पड़े। वहाँ पहुँचकर शिवानी ने देखा की पूरा कमरा गुब्बारों, खिलौनों और रंगीन झालरों से सजा हुआ है। वहीं मेज़ पर, सामने रखे एक बड़े से केक पर लिखा है-

हैपी बर्थडे शिवानी!

वहाँ एक खूबसूरत रंग-बिरंगी साइकिल खड़ी है- जैसे उसके सपनों से निकलकर आयी हो। फिर उसने देखा कि घर के बाकी सदस्य भी वहाँ पहले से मौजूद हैं।

उसके पिताजी ने कहा, "बेटा शिवानी, हम सुबह से ही तुम्हारे जन्मदिन की तैयारियों में व्यस्त थे। हमने सोचा था की हम सब तुम्हें सरप्राइज़ देंगे, इसलिए किसी ने तुम्हें सुबह से विश नहीं किया।

यह सुनते ही शिवानी ख़ुश हो गई, और उसका सारा गुस्सा गायब हो गया।

तभी उसके पिता उसे गोद में उठाकर कहने लगें –

अरे भाई,
केक काटने के लिए चाकू तो लाओ!

मनु का करवाचौथ

मनु आज सुबह से ही बहुत ख़ुश थी! आख़िर, उसकी ज़िद पर मम्मी-पापा ने उसे करवाचौथ का व्रत रखने की इजाज़त दे दी थी।

यूँ तो **मनु अभी 10 साल की थी**, लेकिन उसे 'करवाचौथ' बहुत आकर्षित करता था। उसे करवाचौथ के बारे में कुछ नहीं पता था, लेकिन दिन भर मम्मी और आंटियों का व्यस्त रहना, मेहंदी लगवाना, नये-नये कपड़े पहनना, उसे बहुत अच्छा लगता था।

उसे ये भी नहीं पता था कि माहिलाएं इस दिन, चाँद के सामने अपने पति को देखकर व्रत को तोड़ती हैं।

उसे लगता था कि चाँद खुद अपनी आकृति बदलकर व्रत तोड़ने का संकेत देता है। उसने मम्मी-पापा से व्रत तोड़ने का तरीका पूछा था, लेकिन उसे कोई सही जवाब नहीं मिला।

पूरा दिन किसी तरह भूख-प्यास सहने के बाद, आखिर वो घड़ी आ ही गई, जिसका मनु को बेसब्री से इंतज़ार था।

"मनु, बेटा चाँद निकल आया...!" उसके पिता की आवाज़ उसके कानों में पड़ी, जिससे उसका रोम-रोम खिल उठा। "ठीक है पापा....!" कहते ही वो छत की ओर दौड़ पड़ी।

छत पर पहुँचने के बाद उसने देखा कि सामने स्टूल पर पूजा की थाली रखी हुई है।

"ओह! ये थाली किसने लगाई...मैं तो भूल ही गई थी!" वह हँसते हुए बोली। इसके बाद मनु चलनी लेकर उसमें से चाँद को देखने लगी। उसने यह सोचकर अपनी आँखें मूँद ली कि अभी थोड़ी देर में चाँद की आकृति बदल जायेगी! लेकिन पल भर बाद जब उसने आँखें खोली तो चलनी के सामने पापा को खड़ा देखकर चौंक गयी।

एक पल के लिए तो उसे कुछ समझ में ही नहीं आया। फिर उसने पूछा, "पापा! आप यहाँ कैसे...?"

पापा हँसने लगे। उन्होंने कहा, "बेटा हमें माफ़ करना, दरअसल तुम्हारी मम्मी और मैंने तुम्हे ये बात बताई नहीं कि आज के दिन महिलाएं उन्हें सबसे ज़्यादा प्यार करने वाले को देखकर व्रत तोड़ती हैं। तो तुम्हें सबसे ज़्यादा प्यार कौन करता है?"

मनु ने तुरंत जवाब दिया- "पापा!"

मम्मी ने तुरंत जूस दिया और पापा ने चॉकलेट। फिर पापा ने सिर पर हाथ फेरते हुए समझाया- "बेटा जो लोग किसी से प्यार करते हैं वो उसे कष्ट उठाते हुए नहीं देख सकते। हम तुम्हें हमेशा प्यार करते रहेंगे। इसके लिए तुम्हें उपवास करने की कोई ज़रूरत नहीं है।"

बॉटम चला क्रिकेटर बनने

प्रभात उर्फ़ बिट्टू को उसके साथी चिढ़ाने के लिए 'बॉटम' बुलाते थे। उसके स्कूल में क्रिकेट टीम का सलेक्शन चल रहा था और वह पैड पहनकर अपनी बारी का इंतिज़ार कर रहा था। पिछले एक साल से वह इसके लिए जीतोड़ मेहनत कर रहा था।

आखिरकार, दो घंटे बाद उसका नंबर आया।

"प्रभात!" कोच ने उसका नाम पुकारा।

वह उठकर मैदान की तरफ़ बढ़ने लगा।

"बल्लेबाज तैयार?"

"जी, सर!"

"गेंदबाज तैयार"

"जी, सर!"

दोनों ओर से स्वीकृति मिलते ही गेंद और बल्ले की टक्कर शुरू हो गयी।

पहली बॉल... प्रभात ने बल्ला घुमाया... लेकिन ये क्या, बॉल मिस...! "कम ऑन... प्रभात," कोच ने हौसला बढ़ाते हुए कहा।

और अब दूसरी बॉल। प्रभात ने इस बार फिर जोरदार बल्ला घुमाया। और इस बार बॉल थोड़ी दूर तक तो गई, लेकिन बाउंड्री पार नहीं जा पाई, जैसाकि प्रभात चाहता था।

"डोंट वरी...नेक्स्ट टाइम," कोच ने फिर हौसला बढ़ाने कि कोशिश की। धीरे-धीरे पाँच ओवर का खेल पूरा हो गया।

अंत में जब परिणाम की बारी आयी तो प्रभात दौड़ते हुए कोच के पास पहुँचा, और पूछा- "सर, क्या मेरा सलेक्शन हो गया?"

कोच उसके सिर पर हाथ फेरते हुए कहने लगे, "कोई बात नहीं, तुम बहुत अच्छा खेले, बस थोड़ी प्रैक्टिस की ज़रूरत है। चिंता मत करो.... अगली बार तुम्हारा सलेक्शन पक्का हो जाएगा।"

"ठीक है सर" कहते हुए प्रभात दुखी मन से घर की ओर चल पड़ा।

"ये देख, बॉटम चला क्रिकेटर बनने!" उसके साथियों ने ताना देते हुए कहा।

यह सुनकर वह पलटा और पूरे आत्मविश्वास से कहा, "देखना, अगली बार ज़रूर बनूँगा।"

प्रभात को खुद अपने आत्मविश्वास पर हैरानी हो रही थी। इस समय **उसके कदमों में एक नयी शक्ति थी।**

सोनू

रविवार का दिन था और सोनू मज़े से सो रहा था। बेचारा सोता नहीं तो और करता भी क्या। अपने मोहल्ले का ग्रेजुएट बेरोज़गार जो था।

बिस्तर से जैसे-तैसे उठकर माँ के तानों से बचने के लिए चुपचाप घर से बाहर निकल गया। उसने अपने पूरे मोहल्ले का चक्कर लगाने का फ़ैसला किया।

उसने अपनी वही फटी-पुरानी-सी शर्ट पहन रखी थी, जो पिछले कई सालों से बेरोज़गारी में उसका साथ निभाते चली आ रही थी।

अभी अपने घर से थोड़ी दूर पहुँचा ही होगा कि उसकी नज़र अपने मोहल्ले के एक प्राइमरी स्कूल पर पड़ी। उसने देखा कि स्कूल के बच्चें खेल-खेल में ही स्कूल के अंदर बड़ा-सा कूड़े का ढेर बनाते

जा रहे हैं। यह देखकर सोनू का मन उदास हो गया। वह सोचने लगा, क्या इन बच्चों को अपने स्कूल की ज़रा भी परवाह नहीं? क्या स्कूल में यही संस्कार मिल रहे हैं!'

थोड़ी देर तक वो चुपचाप उन बच्चों को देखता रहा। फिर अचानक उसे महात्मा गांधी का वह कथन याद आया–

"स्वच्छता ... स्वतंत्रता से ज़्यादा ज़रूरी है।"

कथन याद आते ही उसे अपने अन्दर कुछ बदलता-सा महसूस हुआ। इसके बाद वह घर वापस आ गया।

घर पहुँचकर उसने माँ से पूछा, "माँ! क्या अपने मोहल्ले के बच्चों के प्रति हमारी कोई जिम्मेदारी नहीं? क्या हम उन्हें अच्छे संस्कार देकर... गलत रास्ते पर जाने से रोक नहीं सकते?"

यह सुनते ही माँ सोचने लगीं कि ये अचानक सोनू को क्या हो गया।

हालाँकि कुछ देर बाद बोलीं, “हाँ बेटा क्यों नहीं... ये बच्चें ही तो हमारे देश का भविष्य है! लेकिन आज तू यह सब क्यों पूछ रहा है?”

सोनू ने बताया, “कुछ नहीं माँ, बस ये समझ लो की कल से तुम्हारा बेटा बेरोज़गार नहीं रहेगा!” और अपने कमरे में चला गया।

अगले सुबह सोनू घर में सबसे पहले उठ गया। फिर नहा-धोकर माँ के पास गया और पाँव छूते हुए बोला, “माँ मुझे आशीर्वाद दो कि मैं भी देश के भविष्य में अपना योगदान दे सकूँ।”

माँ ने उसकी ओर गर्व से देखा और उसके सिर पर हाथ फेरते हुए बोली, “बेटा! मेरा आशीर्वाद तो सदा तेरे साथ है। मुझे बता तो सही कि तू आज अचानक यूं बन-ठन के कहाँ जा रहा है?”

"कुछ नहीं माँ... शाम को आकर बताता हूँ," ये कहते ही सोनू घर से निकल गया।

घर से निकलकर वह मोहल्ले के उसी प्राइमरी स्कूल में पहुँच गया जहाँ, कल बच्चे कूड़ा फैला रहे थे।

सोनू यहाँ बच्चों को स्वच्छता और नैतिकता का पाठ पढ़ा रहा था, जिसे बच्चें ध्यान से सुन भी रहे थे।

आज स्कूल पहले से अलग और साफ़ नज़र आ रहा था।

चीनू की दिवाली

आज चीनू बहुत ख़ुश था। उसके पापा थैला भरकर पटाखे लाए थे, क्योंकि दो दिन बाद दिवाली थी।

हालाँकि उसके पिताजी को शोरगुल कुछ खास पसंद नहीं था। वह शांति से दिवाली मनाने में यकीन रखते थे, लेकिन चीनू तो आख़िर चीनू ही ठहरा। अपनी गली का सबसे शरारती लड़का था, जिसे गली में सब जानते थे। इस बात का उसे बहुत घमंड था।

हालाँकि उसके पिता कई बार उसे समझाने की कोशिश करते-

"चीनू बेटा, दिवाली मनाने के और भी तरीके हैं, केवल पटाखों से ही दिवाली नहीं मनायी जाती।"

लेकिन चीनू कहाँ मानने वाला था। पिता उसे प्यार करते थे, इसलिए उसकी हर ज़िद मान लेते थे। हालाँकि इस बार पिताजी ने उसे अलग तरह से समझाने की ठान ली थी।

दो दिन बाद दिवाली भी आ गयी।

पूजा के बाद देर शाम, पिताजी ने चीनू से कहा, “जाओ बेटा, पटाखे वाला थैला ले आओ।”

“जी पापा,” यह कहते हुए चीनू दौड़कर अपने कमरे में पहुँच गया।

उसने लपक कर पटाखों वाला थैला उठा लिया। थैला खोला, तो देखा कि उसमे पटाखे नहीं थे बल्कि पुराने अखबार भरे हुए थे।

यह देखकर चीनू निराश हो गया। वह दौड़कर पापा के पास पहुँच गया। उसने पापा से पूछा, “पापा इस थैले में तो पुराने अख़बार है, पटाखे कहाँ हैं?”

इसके बाद पिताजी ने थैले से एक अख़बार का टुकड़ा निकाला। वह अख़बार का टुकड़ा चीनू को देते हुए बोले, “पढ़ो इसे,”

चीनू ने जैसे ही टुकड़ा हाथ में लिया, उसकी नज़र अख़बार की मोटी हेडिंग पर पड़ी, जिसमे लिखा था, **“पटाखा फैक्ट्री में लगी आग, धमाकों से 2 बच्चों सहित 4 लोगों की मौत।”**

पिताजी ने दूसरा अख़बार का टुकड़ा उठाकर दिखाया। उसकी हेडिंग थी, **“दिवाली के दूसरे दिन बढ़ा वायु प्रदूषण, बच्चों और बुजुर्गों को साँस लेने में हो रही तकलीफ़।”**

खबरें देखकर चीनू हैरान रह गया। आज से पहले उसने कभी पटाखों से दुर्घटनाओं और वायु-प्रदूषण की समस्या पर गौर ही नहीं किया था। वह तो पटाखों को अच्छा समझता था।

पिताजी ने चीनू से कहा, “मैंने महीनों ढूंढ-ढूंढ कर ये अख़बार इक्कठा किए हैं।”

चीनू को सबक मिल गया था। उसने सिर झुकाते हुए पिता जी से कहा, “पिताजी मैं समझ गया, आप जो मुझे समझाना चाहते थे। आगे से मैं कभी पटाखों के लिए ज़िद नहीं करूँगा।”

चीनू के पिताजी खुश हुए और उसे दुलारने लगे।

पटाखा फैक्ट्री में लगी
आग, धमाके से 2 बच्चों
सहित 4 लोगों की मौत!

अकेला रिंकू

रिंकू आज बहुत देर से सोकर उठा था। ऐसा नहीं था की वह रोज़ ही देर से उठता था। लेकिन बीती रात उसने खांसी की दवाई ज़्यादा पी ली थी, जिससे नींद बहुत आती है।

जब वह कमरे से निकल कर बाहर आया, तो देखा मेन गेट पर बाहर से ताला लगा हुआ है। यह देखकर रिंकू घबरा गया। घबराहट में वह दूसरे दरवाज़े की ओर दौड़ा, फिर एक और दरवाज़े की ओर। लेकिन सारे दरवाज़ों पर ताला लगा हुआ था।

दौड़-दौड़कर थक जाने के बाद वह निराश होकर हॉल में आकर बैठ गया। ऐसा पहली बार था जब रिंकू घर में अकेला था।

"न जाने कहाँ चले गए सारे लोग... अब मैं क्या करूँ!"

मायूस होकर उसने खुद से कहा। तभी उसकी नज़र बगल के स्टूल पर थाली के नीचे दबाकर रखी गयी चिठ्ठी पर पड़ी। लपकर उसने उसे उठाया।

उसमें लिखा था-

बेटा, हम अपने गाँव, एक शादी में जा रहे हैं। तुम सो रहे थे, इसलिए तुम्हे जगाया नहीं। वैसे भी आज रविवार है। खाना बनाकर किचन में रख दिया है। अपना ध्यान रखना।

- **तुम्हारी माँ**

चिठ्ठी पढ़ने के बाद रिंकू सोच में पड़ गया कि अब अकेले वह क्या करेगा? फ़िर अचानक उसे अपनी माँ का समझाना याद आया। जब माँ उसे घर में चीजों को सही जगह न रखने, कूड़ा फ़ैलाने के लिए डांटते हुए अक्सर समझाती थीं, "तुम चीज़ों को इतनी गैरजिम्मेदारी से क्यों रखते हो! क्या तुम्हे अपने घर की कोई फिक्र नहीं है?"

"आइडिया!" अचानक से चिल्लाते हुए उसने खुद से कहा। शाम को जब उसके मम्मी-पापा घर आए तो उन्होंने देखा कि पूरा घर बदला हुआ है। सारी चीज़ें साफ़ हैं और कारीने से रखी हुई हैं। किचन में डिनर के लिए सब्जियाँ कटी हुई हैं और आटा गूंथा हुआ रखा है। और उसी जगह, स्टूल पर एक चिठ्ठी पड़ी हुई है-

प्यारी,
मम्मी और पापा,
मुझे घर में अकेला छोड़ने के लिए
धन्यवाद !
आज से आपको एक नया रिंकू
देखने को मिलेगा।
आपका बेटा
रिंकू

नन्हा मेहमान

आज कपिल के यहाँ एक नन्हे मेहमान का जन्म हुआ है। वह सुबह से ही बहुत खुश है। चूँकि यह उसके भैया की पहली संतान थी, तो सारे लोग बेहद खुश थे।

अब तो कपिल बस अपने नन्हे-से भतीजे को गोद में लेना चाहता था। तभी अचानक उसे एक आवाज़ सुनाई पड़ी– "कपिल, जल्दी से दौड़कर जाओ और लाला के लिए डायपर खरीदकर लाओ।"

यह उसकी भाभी की आवाज़ थी।

"अभी लाया भाभी!," कहते हुए वो दुकान की ओर दौड़ पड़ा।

वापस घर लौटते ही उसकी माँ ने कपिल के हाथों में एक लम्बी लिस्ट थमा दी– “दौड़कर जाओ, बाजार से ये सामान लेकर आओ।”

“लेकिन माँ, मैं तो अभी नहाया भी नहीं!”

कपिल ने अचरज से कहा।

“तो क्या हुआ, घर में नन्हा मेहमान आया है, सारे रिश्तेदार देखने आ रहे हैं, उनके लिए खाना भी बनाना है!” उसकी माँ ने एक साँस में कहा।

कपिल उदास-सा चेहरा लेकर चल पड़ा।

करीब आधे घंटे बाद जब वो थककर घर लौटा तो सामान को सीधे किचन में पटक दिया।

"अरे क्या हुआ कपिल? तुम इतने परेशान क्यों लग रहे हो!"

"कुछ नहीं भाभी, बस ऐसे ही," कहते हुए वो सीधा बाथरूम में घुस गया।

"शाबाश कपिल, उम्मीद है तुम बहुत अच्छे और ज़िम्मेदार चाचा बनोगे!" वह बाथरूम से माँ की आवाज़ सुन सकता था।

उन्होंने आगे कहा, "मेरी डांट का बुरा मत मानना बेटा, मैं तो बस तुम्हे पहले से अधिक जिम्मेदार बनाना चाहती हूँ। आखिर तुम्हें अपने भतीजे की रक्षा भी तो करनी है!"

माँ के शब्द सुनकर कपिल खुश हो गया। शायद उसे घर में नन्हे मेहमान की अहमियत का पता चल गया था।

सिक्के

हसन की गुल्लक पूरी तरह से भर चुकी थी। यह देखकर वह बहुत खुश था। न जाने कहाँ-कहाँ से किस-किस तरह उसने ये सिक्के जुटाए थे। कभी भिखारियों जैसा वेष बनाकर, स्टेशन, रोड आदि के किनारों पर भीख माँगते हुए। कभी दुकानों से चोरी करते हुए। कभी किसी बहाने से दोस्तों से पैसा माँगकर।

वैसे तो हसन एक सम्पन्न घर से था। लेकिन, जाने कैसे उसे बचपन से ही सिक्के इकट्ठे करने का शौक लग गया था। इसके लिए वह कोई भी तरीका अपनाने के लिए तैयार था।

आज अपनी सिक्कों वाली गुल्लक भरने की ख़ुशी में उसने दोस्तों को एक पार्टी देने का फ़ैसला किया। लेकिन पार्टी वह घर के अंदर

नहीं कर सकता था। ऐसा करने पर उसके पिता पूछते कि पैसे कहाँ से आए? इसलिए उसने दोस्तों को बगल के पार्क में बुलाकर खुद पार्टी के लिए खाने-पीने का इंतज़ाम करने निकल पड़ा। अभी वो घर से थोड़ी ही दूर पहुँचा था कि उसने एक बुजुर्ग व्यक्ति को सड़क पर लहुलूहान पड़ा देखा। वह मदद के लिए पुकार रहा था, लेकिन वहाँ आस-पास कोई नहीं था।

यह देखते ही उसे पिताजी की सीख याद आ गयी–

"बेटा, मुसीबत में किसी की मदद करना ही, हमे सही मायने में सच्चा और अच्छा इंसान बनाता है।"

वह तुरंत ही उस बुज़ुर्ग व्यक्ति की ओर बढ़ गया। इसके बाद वह उन्हें कंधे पर लेकर अस्पताल की ओर बढ़ गया। वह पार्टी की बात भूल चुका था।

उसने मन-ही-मन खुद से कहा, "इस आदमी का इलाज करवाकर मैं इन पैसों का बेहतर उपयोग कर सकता हूँ। इससे बड़ी अच्छाई और कोई नहीं है।"

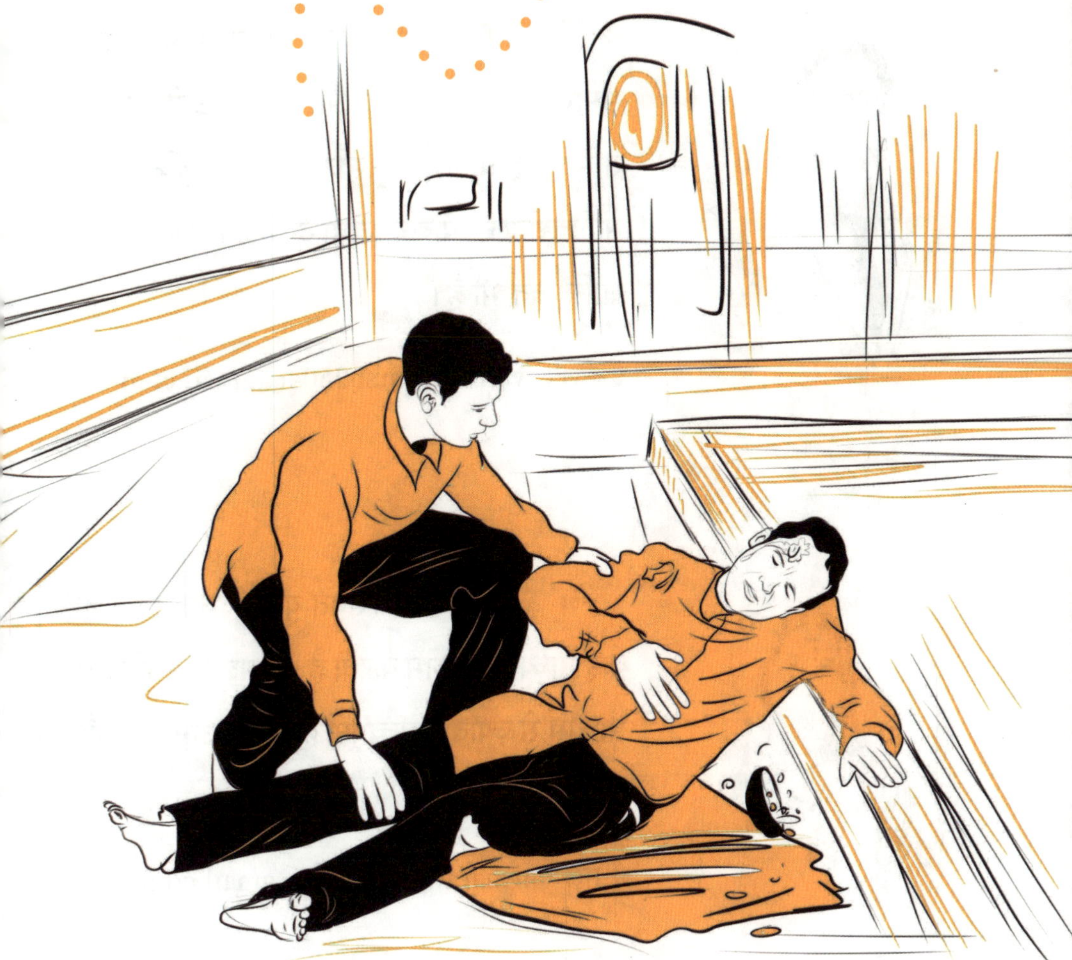

आदर्श के वर्मन उभरते हुए बाल कथाकार व समाज सेवक हैं। इन्हे अंतरराष्ट्रीय टैगोर सम्मान सहित कई प्रतिष्ठित पुरस्कार प्राप्त हो चुके हैं। वह मोटिवेशनल स्पीकर, योग-प्रशिक्षक एवं वैश्विक शान्ति दूत भी हैं।

ई-मेल : warmanadarsh2504@gmail.com

निशा रावत निशा रावत युवा चित्रकार हैं। वह कई माध्यमों में काम करती हैं। असल में उनके लिए माध्यम से ज़्यादा महत्त्वपूर्ण है अपनी अनुभूति और क्रीड़ावृत्ति।

ई-मेल : nisharawat787878@gmail.com